Einfach lernen

Vorwort

Mit Max dem Maulwurf und seinen Freunden von der ABC-Gang machen die Kinder ihre ersten Schritte auf dem Weg zur Grundschule. Spielerisch lernen sie die Buchstaben kennen in einfachen Schreib- und Leseübungen. Die Zahlen von eins bis zwanzig folgen, immer üben die Kinder anhand von kleinen, anschaulichen Aufgaben und Beispielen. So auch bei den Farben und Formen – vom Quadrat bis hin zum Dreieck – und bei den Gegensätzen, die sie in leicht verständlichen Übungen zuordnen können.

Und auf jeder Seite gilt das Motto:
Einfach lernen – und das mit viel Spaß!

Inhalt

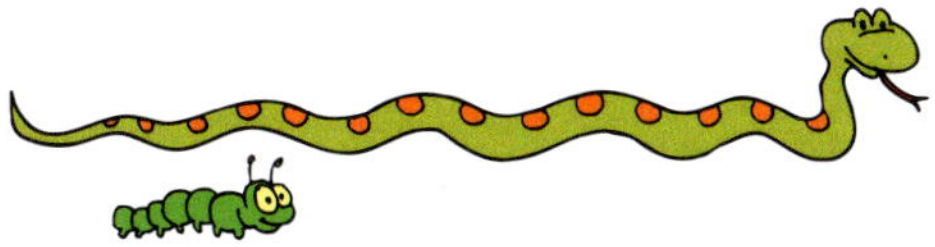

Max und seine Freunde

Hallo Kinder, willkommen bei Max dem Maulwurf und seinen Freunden. Heute sind sie unterwegs bei den Buchstaben. Wenn ihr Max und seine Freunde auf ihrer Reise begleitet, lernt ihr alle Buchstaben kennen!

Bibo der Biber

Max der Maulwurf

Eddy das Eichhörnchen

Auf einen Blick

Bibo der Biber
Max der Maulwurf
Eddy das Eichhörnchen
Hans der Hase
Wastl der Waschbär
Katja die Katze

Hans der Hase

Wastl der Waschbär

Katja die Katze

Allerlei mit A und a

A

a

Eddy nimmt einen **Apfel.**

Max hat **acht** Wecker.

Max öffnet das ______.

Katja steht ______ dem Tisch.

Apfel
acht
Auge
auf
Ast

Hans sitzt auf dem ______.

Bei Ball und Brot

B

b

Hans hat einen **Ball.**

Eddy mag es **bunt.**

Ist der Hund **böse?**

Max isst ein ______.

Ball
bunt
böse
Brot
Blume

Hans hat eine ______.

Computer und Chinesen

C

c

Wastl spielt **Cowboy.**

Cowboy
Cousin
Computer
Chinese

Das ist Wastls **Cousin.**

Max spielt am ______________.

Bibo trifft einen ______________.

Ein Dieb und eine Dusche

D

d

Sie haben **drei** Möhren.

Haltet den **Dieb!**

Katja steht in der **Dusche.**

Im Keller ist es ______.

drei
Dieb
Dusche
dunkel
dick

Wastl ist ganz ______.

Wir essen Eier!

E

e

Da gibt es was zu **essen.**

Max trägt ein **Ei.**

Sie rollen die **Erde.**

Der Freund von Hans ist ein ______.

essen
Ei
Erde
Elefant
Ente

Hans begrüßt die ______.

Fahrrad und flüstern

F

f

Hans fährt **Fahrrad.**

Die beiden **flüstern.**

Katja schaut aus dem **Fenster.**

Eddy putzt das ______.

Eddy hat ______ Nüsse.

Sie zeigen mit dem ______.

Fahrrad
flüstern
Fenster
Ferkel
fünf
Finger

Gras, grün und groß

G

g

Die beiden stehen mit den Füßen im **Gras.**

Eddy macht ein **glückliches** Gesicht.

Gras
glücklich
grün
groß

Das Blatt ist ______.

Vater Max ist ganz ______.

Hund, Hammer und hören

H

h

Katjas **Hund** gehorcht aufs Wort.

Kannst du mich **hören?**

Ihm ist ganz ________.

Wastl steht vor dem ________.

Hund
hören
heiß
Haus
Hammer

Max hat einen ________.

Die Idee und der Iglu

I

i

im
Iglu
Idee
Igel
Indianer

Eddy sitzt **im** Koffer.

Max hat einen großen **Iglu.**

Eddy hat eine ________.

Da läuft ein ________.

Hans verhandelt mit dem ________.

Eine Jacke und ein Jumbo

J

j

Wastls **Jacke** ist blau.

Jacke
jung
Jumbo
Jagen

Die beiden sind noch sehr **jung.**

Katja fliegt auf einem ____.

Max, sei vorsichtig beim ____!

Kaffee und kalt

K

k

Das Baby ist **klein.**

Katja trinkt **Kaffee.**

Max hat eine **Kamera.**

Die Hose ist zu **kurz.**

klein
Kaffee
Kamera
kurz
kalt
Kuh

Wastl ist es ______.

Eddy füttert die ______.

Lied und lachen

L

l

Katja singt ein **Lied.**

Lied
lachen
laufen
Lampe
lang

Die beiden müssen ganz laut **lachen.**

Hans kann schnell ______.

Die ______ leuchtet.

Der Dackel von Max ist sehr ______.

Mutter und Mantel

M

m

Er trägt einen **Mantel.**

Da steht Wastls **Mutter.**

Das ist **mein** Fisch!

Mantel
Mutter
mein
Maus
Malen

Katja packt die ______.

Hier siehst du Max beim ______.

Nase und nass

N

n

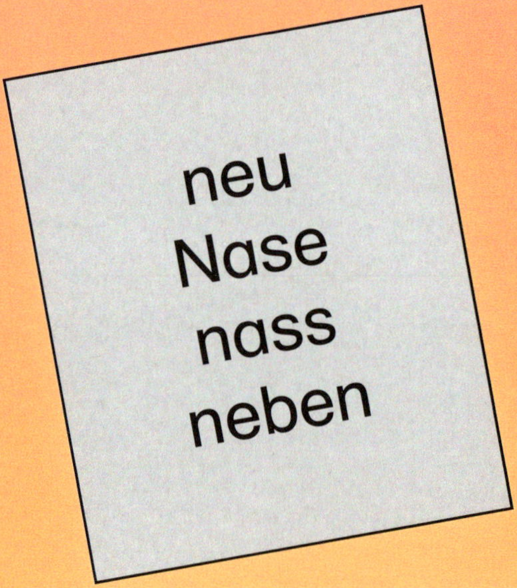

Bibos Skier sind **neu.**

Eddy packt Max an die **Nase.**

Eddy wird ganz [ ].

Max schießt [ ] das Ziel.

Oma und Omnibus

O

o

Oma strickt.

Oma
oben
Osterei
Ober
Omnibus

Katja fliegt nach **oben.**

Er bemalt ein ________.

Da kommt der ________.

Eddy steuert den ________.

Pferd und Puppe

P

p

Hans muss **pusten.**

Wastl reitet das **Pferd.**

Max und Eddy **parken** das Auto ein.

pusten
Pferd
parken
Pinsel
Puppe
passen

Max hat einen ________.

Sie zeigt ihre ________.

Ob die in die Tüte ________?

Quadrat und Quirl

Q

q

Bibo hält ein **Quadrat.**

Quadrat
quengeln
Quirl
quaken
Qualle

Nicht **quengeln,** Bibo!

Eddy dreht den **Quirl.**

Katja und der Frosch [ ].

Max ist zu Besuch bei der [ ].

Rede, Rad und rot

R

r

Max hält eine **Rede.**

Max bastelt am **Rad.**

Eddy hebt die **Rassel.**

Die Frucht ist **rot.**

Max steht im ______.

Rede
Rad
Rassel
rot
Regen
Rüssel
Radio

Sie sitzt auf dem ______.

Wastl hat ein ______.

Schnee und schlafen

S

s

Bibos Messer ist **scharf.**

Max muss **schlafen.**

Die Kinder spielen im **Schnee.**

scharf
schlafen
Schnee
Schaukel
schreiben
schwarz

Er sitzt in der ______.

Katja kann ______.

Max ist ______.

Tür und trinken

T

t

trinken
Tür
Treppe
Trommel
Tisch

Katja muss **trinken.**

Max öffnet die **Tür.**

Eddy ist auf der ☐.

Hans hat eine ☐.

Max bastelt am ☐.

Urwald und Uhr

U

u

Bibo ist im **Urwald.**

Urwald
und
über
Uhr

Das sind Eddy **und** seine Freundin.

Hans geht [ ] die Brücke.

Max hat eine neue [ ].

Vorhang und vier

V

v

vor
Vorhang
voll
Vogel
vier

Er steht **vor** dem Spiegel.

Max macht den **Vorhang** auf.

Wastls Glas ist [ ].

Katja sieht den [ ].

Dort stehen [ ] Eichhörnchen.

Wiese und weiß

W

w

weinen
Wiese
Wiege
Wolke
weiß

Wastl muss **weinen.**

Hans steht auf der **Wiese.**

Max steht an der ______.

Da kommt eine ______.

Eddys Laken ist ganz ______.

Xaver und Xenophon

X

x

Bibo steht vor dem Bild von Onkel **Xaver.**

Wastl besucht den Dichter **Xenophon.**

Hans spielt auf dem [ ].

Xaver
Xenophon
Xylophon
X-Beine

Katja hat [ ]-Beine.

Yoga und Yeti

Y

y

Bibo trifft den **Yeti.**

Yeti
Yak
Yacht
Yoga

Eddy füttert den **Yak.**

Katja fährt auf ihrer ______.

Die beiden machen ______.

Zebra und Zitrone

Z

z

Max geht **zur** Oma.

Wastl füttert das **Zebra.**

Max liest die **Zeitung.**

Eddy spielt mit dem **Zug.**

zur
Zebra
Zeitung
Zug
ziehen
Zitrone
Zahn

Sie ______ am Seil.

Sie trinkt eine ______.

Das ist Bibos böser ______.

Die Zahlen 1 und 2: Weihnachten

Max und seine Freunde strahlen. Gerade war die große Weihnachtsbescherung. Sie können es kaum erwarten, die Geschenke auszupacken. Und aus der Küche duftet schon der Braten. Außerdem hat Katja heute Nachmittag heimlich in den Kühlschrank geschaut und eine große Schüssel rote Grütze entdeckt!

Der Weihnachtsbaum hat 1 Spitze.

Katja hat 1 Geschenk in der Hand.
Wie viele Geschenke hat Katja,
wenn du die Anzahl verdoppelst?

3 und 4: Am Flughafen

Endlich Ferien. Max und seine Freunde sind zum Flughafen gefahren, denn sie fliegen mit dem Flugzeug in den Urlaub. Katja ist schon ganz aufgeregt. Hoffentlich hat niemand etwas vergessen!

Wie viele Personen stehen noch auf der Treppe, wenn der Kapitän ins Flugzeug gegangen ist?
Das Flugzeug hat 4 Fenster.

5 und 6: Auf dem Bauernhof

Max und seine Freunde besuchen den Bauernhof. Da gibt es viel zu sehen. Es ist Erntezeit, deshalb arbeitet der Bauer den ganzen Tag auf dem Feld. Aber auch das Vieh im Stall muss versorgt werden.

Auf dem Feld liegen 5 Ballen Heu.
Wie viele Ballen muss Max dazutun, damit es 6 sind?

7 und 8: Der Spielplatz

Heute Nachmittag haben sich alle auf dem Spielplatz getroffen. Katja saust mit lautem Geschrei die Rutsche herunter. Bibo und Hans spielen im Sandkasten. Wo ist nur Eddy? Er hat sich versteckt und die anderen sollen ihn suchen! Findet ihr ihn?

Im Sandkasten liegen 7 Schaufeln.

Hans backt Sandkuchen. Wie viele muss er noch backen, bis er 7 zusammen hat?

Um den Spielplatz herum stehen 8 Bäume.

Wie viele bleiben übrig, wenn die Hälfte aller Fußballspieler den Fußballplatz verlässt?

9, 10, 0: Der Wochenmarkt

Heute ist Samstag und Max geht mit seinen Freunden auf den Wochenmarkt. Die Mutter hat für Max einen Zettel geschrieben, auf dem steht, was er holen soll. Es ist gar nicht so einfach, der Reihe nach die Stände abzuklappern und auch ja nichts zu vergessen!

Wie viele Äpfel muss
die Obstverkäuferin
noch verkaufen, bis
sie alle verkauft hat?
Wastl trägt 0 Tüten.
Katja trägt 9 Tüten.

11 und 12: Die Autowerkstatt

Der Wagen von Katjas Vater steht in der Autowerkstatt. Er bekommt neue Reifen aufgezogen. Der Meister schaut nach, ob noch genügend Öl vorhanden ist. Der Lehrling liegt unter dem Auto. Er überprüft, ob sich am Boden des Autos Rost gebildet hat.

Verbinde immer 5 Schrauben mit einer Linie! Wie viele bleiben übrig?

In der Schublade liegen 12 Schrauben.

An der Stellwand bei Max und Eddy hängen 11 Schraubenzieher.

Wie viele Zehner und wie viele Einer ergeben die 11 Schraubenzieher?

13 und 14: Im Zoo

Max und seine Freunde besuchen den Zoo. Besonders hat es ihnen das Affengehege angetan, denn die Affen sehen aus wie Menschen ohne Kleider. Gerade ist Fütterung. Wärter Eddy hat alle Hände voll zu tun, um die hungrigen Mäuler zu stopfen.

Auf den Bäumen sitzen 13 Affen.

Verbinde jeweils 5 Affen mit einer Linie! Wie viele Affen bleiben am Ende übrig?

Wärter Eddy hat 14 Bananen.

15 und 16: Im Krankenhaus

Heute ist ein Krankenbesuch angesagt. Bibo war beim Fahrradfahren zu tollkühn und hat sich das Bein gebrochen. Jetzt müssen ihn alle trösten, denn es ist schon ziemlich langweilig, im Bett zu liegen, wenn die anderen ins Schwimmbad dürfen.

Wie viele Fieberthermometer siehst du?

Zähle die blauen Tabletten auf dem Tablett der Schwester! Zähle die roten! Wie viele sind es insgesamt?

Wie viele Bilder hängen an der Wand?

Wenn du von den Bildern an der Wand 10 abhängst, wie viele bleiben dann übrig?

17 und 18: Am Bahnhof

Am Bahnhof ist heute viel Betrieb. Unsere Freunde warten auf die Oma von Max, die zu Besuch kommt. Der Zug ist gerade in den Bahnhof gefahren. Die Oma schaut aus dem Fenster und winkt. Die meisten Menschen laufen zu den Türen, um ihre Gäste vom Zug abzuholen.

Wie viele Personen sind auf dem Bahnsteig?

Wie viele Koffer stehen auf dem Bahnsteig?

Wie viele Lampen müssen noch angeschaltet werden, damit im Bahnhof 18 Lampen leuchten?

Wie viele Koffer müssen dazukommen, damit sich 20 auf dem Bahnsteig befinden?

19 und 20: Bei der Feuerwehr

Die Sirene macht „tatütata“, die Türen vom Feuerwehrhaus haben sich geöffnet und die Feuerwehrleute laufen los. Feuerwehrmann Wastl hat es gerade noch geschafft. Nur den linken Schuh hat er noch nicht angezogen. Das holt er gerade nach.

Wie viele sitzen im Auto, wenn alle eingestiegen sind?

Verbinde 10 Feuerwehrleute mit einer Linie! Wie viele bleiben übrig?

Wie viele Feuerwehrleute siehst du insgesamt?

Alle Feuerwehrleute haben einen Helm. Nur Wastl hat seinen vergessen. Wie viele Helme zählst du?

Von Farben und Formen

Auf den nächsten Seiten geht es um Farben und Formen: Max schaut ganz genau hin. Da stimmt doch etwas nicht. Ein Gegenstand hat sich auf die Seite verirrt, der da nicht hineingehört!

1
2
3
4
5

Wovon gibt es am meisten?

Hier siehst du viele verschiedene Gegenstände. Einige sind rund, andere dreieckig, quadratisch oder rechteckig. Von welcher Form gibt es die meisten Gegenstände?

Bild und Wort

Bibo sieht drei Formen: ein Dreieck, einen Kreis und ein Quadrat. Kannst du ihm zeigen, welche Gegenstände auf der rechten Seite in ihrem Umriss den Formen auf der linken Seite entsprechen?

12

Weiß zu weiß

Max ist sich ganz sicher: Das weiße Ei gehört zum weißen Schneemann! Siehst du, was sonst noch zusammengehört?

Bibo sieht rot

Wenn Bibo genau hinschaut, wird er sehen, dass zwei Dinge nicht auf diese Seite gehören. Findest du sie auch?

Fenster und Fernseher

Wastl hat es gleich gesehen: Der Fernseher und das Fenster gehören zusammen, denn beide sind quadratisch. Siehst du, was sonst noch zusammengehört?

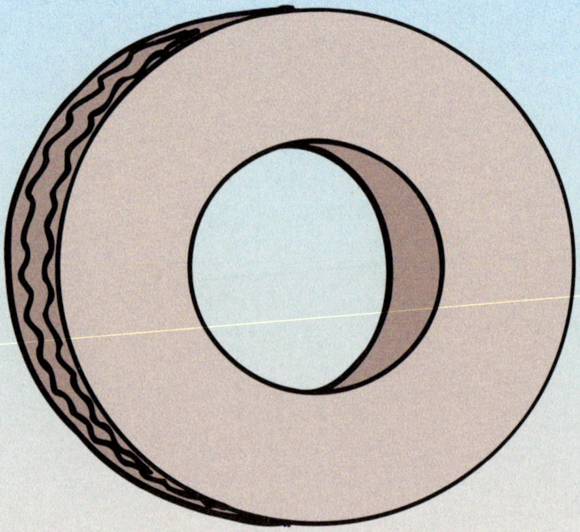

Alles rund?

Bibo hat es entdeckt: Ein Gegenstand gehört hier nicht hinein. Siehst du ihn, und weißt du, warum er nicht hineingehört?

12
1
2
3
4
5
6
7
8
9
10
11

Alles blau?

Max hat es gleich gesehen:
Zwei Gegenstände gehören nicht
auf diese Seite. Erkennst du sie auch?

Einer muss raus

Wastl stutzt noch. So viele verschiedene Gegenstände! Aber sie haben alle etwas gemeinsam. Nur einer passt nicht hinein. Weißt du, welcher es ist?

Ganz in gelb

Bibo schaut sich um. Er soll den einen Gegenstand finden, der hier nicht hineinpasst. Hast du ihn auch schon entdeckt?

Groß und klein, dick und dünn

Auf den nächsten Seiten geht es um Gegensätze. Hier siehst du ein paar Beispiele. Fallen dir weitere Paare ein?

lang

kurz

dick

dünn

sauer

süß

Schwarz und weiß

Gegensätze ziehen sich an! Zur schwarzen Katze gehört die weiße Taube. Kannst du bei den anderen Gegensatzpaaren den richtigen Begriff einsetzen?

Feuer

schwarz

oben

vorne

Voll und leer

Das eine Glas ist voll, das andere ist leer. Erkennst du, welche Bilder hier zusammengehören, und kannst du sagen, warum?

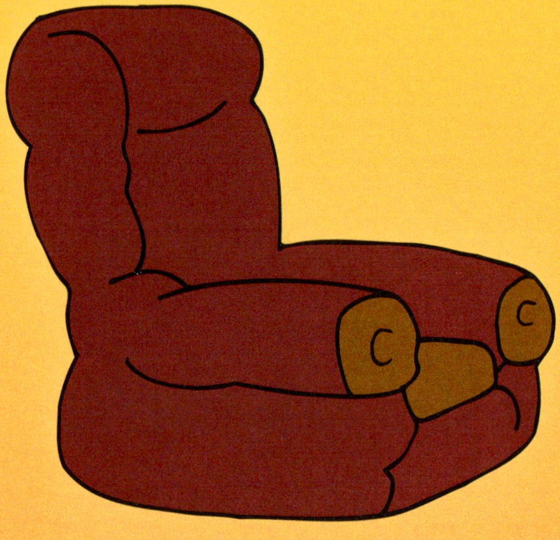

Rund und eckig

Das Briefkuvert ist eckig, die Brillengläser sind rund. Siehst du, welche Gegenstände hier zum Briefkuvert, und welche zu den Brillengläsern gehören?

Heiß und kalt

Heißer Braten, kalter Saft. Schau dir alle Dinge an, dann siehst du, was zum Braten, und was zum Saft gehört.

Weich und hart

Weiche Wolle, harte Nuss. Siehst du,
welche Gegenstände zur Wolle,
und welche zur Nuss gehören?

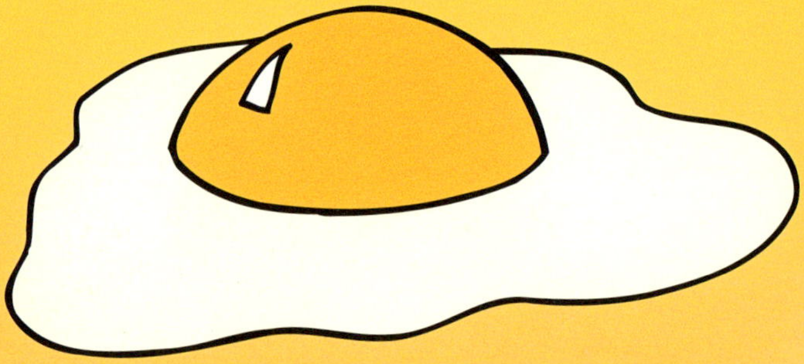

Einsteigen bitte

Die Mäuse und die Elefanten wissen es genau, in welchen Bus sie steigen sollen. Erkennst du es auch?

Unter Riesen

Ein Tier sitzt zwischen den großen Elefanten, das hier nicht hineinpasst. Siehst du es, und weißt du, warum es nicht passt?

Alles süß?

Bibo läuft das Wasser im Mund zusammen. Lauter süße Sachen, die alle lecker schmecken. Doch er irrt sich. Siehst du, was bestimmt nicht süß schmeckt?

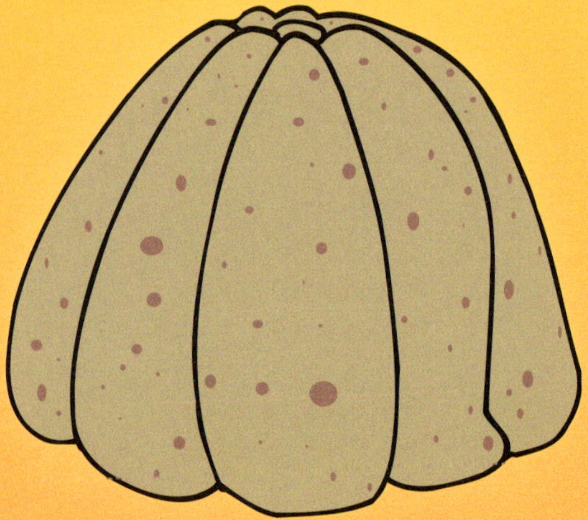

Viele sind fröhlich

Das ist ein lustiges Bild, denn fast alle sind fröhlich. Nur einer passt hier nicht hinein. Siehst du ihn, und weißt du, warum er nicht ins Bild passt?

Texte und Konzept: Michael Holtmann

Illustrationen: Albert Kokai

Layout und DTP: Verlagsbüro Michael Holtmann
Druck und buchbinderische Verarbeitung:
Appl, Wemding

Printed in Germany

ISBN-10 3-932137-04-3
ISBN-13 978-3-932137-04-4